Les Femmes en Blanc

JE PANSE DONC JE SUIS

Dessin : Bercovici / Scénario : Cauvin

DUPUIS

Dépôt légal : février 2000 — D.2000/0089/13
ISBN 2-8001-2918-2 — ISSN 0771-9124

Imprimé en Belgique.

Opération portes ouvertes

PAR ICI, M'SIEURS DAMES!
COMME VOUS POUVEZ LE CONSTATER, L'APPAREILLAGE UTILISÉ COMPORTE: UN SPIROMÈTRE SEC, UN PLÉTHYSMOGRAPHE, UN ANALYSEUR DE DIFFUSION DU CO...
SUIVEZ LE GUIDE...
QU'EST-CE QU'ILS FONT ?
UNE DÉMONSTRATION DE DÉSINCARCÉRATION!
PAR ICI, S'IL VOUS PLAÎT!
TU AS BIENTÔT FINI ?
OUI! IL N'Y A PLUS QUE LE SERVICE DES URGENCES À VISITER ET J'EN AURAI TERMINÉ!
MESDAMES, MESSIEURS, BONJOUR! JE ME PRÉSENTE, DOCTEUR CORNET, ANESTHÉSISTE DE MON ÉTAT. LA RESPONSABILITÉ DE CE SERVICE ENTRE EN PARTIE DANS MES ATTRIBUTIONS...
COMME SON NOM L'INDIQUE, CE SERVICE DOIT ÊTRE PRÊT, À TOUT MOMENT, À ACCUEILLIR CELUI OU CELLE QUI SE PRÉSENTE ICI ET QUI, QUELLE QU'EN SOIT LA RAISON, A BESOIN D'UN SECOURS IMMÉDIAT!
DRRiiiNG DRRiiiNG
?

JE VAIS VOUS EXPLIQUER ...
ALLÔ ?... QUOI ?!
MARTINE, FAUT QUE TU DÉGAGES, VITE!
DÈS QU'UNE URGENCE EST ANNONCÉE ...
DOCTEUR! IL Y A UNE URGENCE!
PAR ICI, TOUT LE MONDE! LA VISITE EST TERMINÉE!
CHHHHHHHHHT!
?
TUUT TUUUT
TOUIOOUUIIIOU
303
NOM DE NOM, MARTINE, QU'EST-CE QUE TU ATTENDS POUR LES FAIRE ÉVACUER!?
MAIS J'ESSAYE!
EEEH, QU'EST-CE QUI SE PASSE?
NE VOUS OCCUPEZ PAS DE ÇA! ON VA LES FAIRE PARTIR! DE QUOI S'AGIT-IL?
3

ACCIDENT DE LA ROUTE, MULTIPLES FRACTURES AUX JAMBES ET AU BASSIN, ON CRAINT POUR LA RATE. APPAREMMENT, IL NOUS FAIT UNE HÉMORRAGIE INTERNE, IL A PERDU BEAUCOUP DE SANG !
?
TENSION ?
8, ET ELLE CONTINUE À DESCENDRE.
LE POULS ?
150 !
TEMPÉRATURE ?
39,9.
METTEZ-LE SOUS PERFUSION, FAITES-LUI UNE INJECTION DE 20 ML DE MORPHINE ...
MESDAMES, MESSIEURS... S'IL VOUS PLAÎT ...
ET 0,200 DE PENTHANOL. LE MASQUE À OXYGÈNE, VITE !
CHHHHHHHHHT !!
LE POULS AUGMENTE ENCORE, IL EST À 180 !
IL VA FALLOIR OPÉRER VITE ! AVERTISSEZ LE DOCTEUR NAJM ...
C'EST UN VRAI MONSIEUR, M'MAN ?
MAIS NON, C'EST UN MANNEQUIN, MON CHÉRI !
EMMENEZ-LE-MOI EN SALLE D'OP, CE SERA PLUS FACILE POUR OPÉRER !
BIEN, DOCTEUR !

MESDAMES, MESSIEURS, S'IL VOUS PLAÎT!
DIDJÛ, ON S'Y CROIRAIT!
ROULE
ROULE ROULE
IL EST PRÊT!
ON ARRIVE!
OH NOOON!
ILS DOIVENT CONTINUER À CROIRE QUE C'EST UN SIMULACRE!
MAIS IL FAUT LEUR EXPLIQUER!
ON N'A PAS LE TEMPS! IL FAUT FAIRE VITE!
QU'ON LEUR FASSE AU MOINS DISTRIBUER DES MASQUES! C'EST LA MOINDRE DES CHOSES.
MMFFFFFF
PEU APRÈS...
ALLONS-Y!
SCALPEL!
303
PSSST!
MESDAMES, MESSIEURS! LA VISITE EST TERMINÉE!
PSSST!
ÉCARTEURS!
PFFF...
COMPRESSES!
BEUUEÉÉÉRK...
?
BERK
BEEERK
BEEÉRK
GLLL
BLOUB
GLLB BLLOUB

PINCES...
GLUB
BLOUB
BLOUB BLOUB...
BLOUB...
BLOUB
PAR ICI, S'IL VOUS PLAIT !
ASCENSEUR TELEPHONE TOILETTES
LES HOMMES À GAUCHE...
LES LADIES À DROITE...
ET ON N'OUBLIE PAS D'ENLEVER SON MASQUE !
BEUUEEERK EERRK EEERK BLOUB GLAGL
BEUUUEEERK ERK... EFK BLOUB BLOUB
PLUS TARD...
PAR ICI, JE VOUS PRIE...
LA VISITE EST TERMINÉE !
L'HÔPITAL ET SON PERSONNEL VOUS REMERCIENT DE VOTRE VISITE !
MARTINE, TU REPRENDS UN AUTRE GROUPE ?
NON, J'AI TERMINÉ. ET D'AILLEURS, J'AI RENDEZ-VOUS AILLEURS.
303
MARTINE ? J'IGNORAIS QUE L'ÉDITION T'INTÉRESSAIT !
À VRAI DIRE, PAS TELLEMENT, MAIS J'AVAIS ENVIE DE ME CHANGER LES IDÉES...
DUPUIS PORTES OUVE
SUIVEZ-MOI, MESSIEURS DAMES !
BERCOVICI · CAUVIN
6

Péridurale ou pas ?

KLOUK
KRRRR....
TCHAK
BZZZZZZ
QU'EST-CE QU'IL FAIT ? QU'EST-CE QU'IL FAIT ?
IL FORE.
COMPRESSES...
VOILÀ, DOCTEUR ...
ET LÀ ?
QU'EST-CE QU'IL FAIT ? QU'EST-CE QU'IL...?
IL ÉPONGE LE SANG.
TCHIP TCHIIIIIIP TCHIIIIIIIP
ET LÀ ? ET LÀ ?
QU'EST-CE QU'IL ...?
QU...
C'EST PAS BIENTÔT FINI, HEIN ?! VOUS M'ÉNERVEZ À LA FIN !
PLAF
L'ANESTHÉSISTE ! APPELEZ-MOI L'ANESTHÉSISTE !
EUH... BIEN DOCTEUR.
DOIS-JE COMPRENDRE QU'ON A ENCORE ESSAYÉ DE SE PASSER DE MES SERVICES ? MMMH ?
ÇA VA, ÇA VA ...

Faux baigneur

Atchiii Atchaaa

NOOON, PAPA. IL FAUT APPRENDRE À SE MOUCHER DOUCEMENT, NARINE PAR NARINE...
?
... POUR ÉVITER UNE HYPER PRESSION AU NIVEAU DE LA TROMPE D'EUSTACHE ET UNE LÉSION DU TYMPAN.
DZOIIIING
DZOIIIING
BIEN! TRÈS BIEN!
QU'EST-CE QUE TU FAIS ?
BEN... JE REBETS BON BOUCHOIR DANS BA BOCHE...
NOOON! APRÈS USAGE, TU LE JETTES DANS LA POUBELLE...
NOOON!
UNE POUBELLE FERMÉE AVEC UN COUVERCLE...
ZGNIF
ZGNIF ZGNIF
ALBERT, NE VIENS PAS M'ENNUYER DANS MA CUISINE, VEUX-TU ?
ZGNIF

ENSUITE, TU TE LAVES LES MAINS.
LE RHUME SE TRANSMET AUSSI PAR LES MAINS !
AH BON ?
ZGNIF
ALBERT ! NON ! PAS DANS CE BAC-LÀ ! TU VOIS BIEN QUE J'Y LAVE MA SALADE !
ZGNIF ZGNIF
OÙ ZE VAIS BE ZOIGNER, BOI ?
VA DANS LA SALLE DE BAINS. LÀ, AU MOINS, TU NE GÊNERAS PERSONNE !
SI, MOI ! J'EN AURAI BESOIN UN BON MOMENT ! JE SORS AVEC JEAN-CHARLES CE SOIR...
ALORS, OÙ ?!
LE LENDEMAIN...
JE TE JURE, HIER SOIR JE L'AI VU ENTRER DANS CETTE CABANE AVEC UNE BOÎTE DE MOUCHOIRS JETABLES, UNE POUBELLE À PÉDALE ET UN SEAU D'EAU, ET DEPUIS, IL N'EN EST PAS RESSORTI !
À MON AVIS, ILS ONT ENCORE EU DES MOTS !
JE CROIS AUSSI.
CAUVIN

Lire le mode d'emploi

Ziiip !

ANNIE !
QU'EST-CE QUE C'EST QUE ÇA ?
OH, C'EST VRAI, TU N'ES PAS AU COURANT.
ON L'A PLACÉE HIER SOIR...
UNE FIRME SPÉCIALISÉE DANS LE DOMAINE DES SUTURES A MIS AU POINT CETTE FERMETURE À GLISSIÈRE...*
* AUTHENTIQUE.
...FIXÉE AU FASCIA ET AU PÉRITOINE AVEC UN FIL DE SUTURE CONTINU, ELLE PEUT ÉGALEMENT ÊTRE MISE À MESURE...
ON LA PLACE QUAND PLUSIEURS INTERVENTIONS SUCCESSIVES SONT NÉCESSAIRES.
AINSI L'ABDOMEN ...
VOUS PERMETTEZ ?
JE... JE VOUS EN PRIE ...
ZIIIP
L'ABDOMEN, DISAIS-JE, PEUT ÊTRE AINSI RAPIDEMENT OUVERT EN DIVERSES OCCASIONS...
UN LAVEMENT, PAR EXEMPLE, OU UNE EXCISION DE TISSUS NÉCROSÉS...
...ET ENSUITE À NOUVEAU REFERMÉ.
ZIIIP
D'AUTRES INDICATIONS DE PLACEMENT DE CETTE TIRETTE SONT CONSEILLÉES, EN CAS DE GROS ABCÈS PAR EXEMPLE.

DANS CE CAS, IL SUFFIT DE...
ZIIIP
FINI LES DRAINAGES ! ON NETTOIE, ET QUAND C'EST TERMINÉ...
ZIIIP
IDEM POUR LES SAIGNEMENTS INTRA-ABDOMINAUX..., ON OUVRE...
ZIIIP
ON ÉPONGE, ET...
ZIIIP
ON REFERME.
C'EST VALABLE AUSSI DANS LE CAS D'UN INFARCTUS DU MÉSENTÈRE...
ZIIIP
...OU D'UNE NÉCROSE DU PANCRÉAS...
ZIIIIP
VAS-Y, ESSAIE !
EUH, JE...
VAS-Y JE TE DIS...
ZIIIP ZIIIP ZIIIP
INCROYABLE, NON ?
IL N'Y A QU'UN SEUL INCONVÉNIENT, COMME POUR TOUTES LES FERMETURES À GLISSIÈRE, D'AILLEURS...
LEQUEL ?
?
AH ÇA, POUR ÊTRE COINCÉE, ELLE EST DRÔLEMENT COINCÉE...

Éternelle reconnaissance

BZZZZZZZZ
CLAC
OK! ÇA SUFFIRA!
MONSIEUR GOFFINET, IL FAUT VOUS RENDRE À L'ÉVIDENCE. À FORCE DE COUPS RÉPÉTÉS, VOTRE CERVEAU COMMENCE À AVOIR DES SIMILITUDES AVEC CELUI D'UN BOXEUR...
SI VOUS PERSISTEZ À PRATIQUER CE SPORT, IL RISQUE DES LÉSIONS SÉRIEUSES, VOIRE IRRÉVERSIBLES...
ET PAR CONSÉQUENT VOS CAPACITÉS INTELLECTUELLES RISQUENT DE DIMINUER, VOIRE S'ANÉANTIR...
MAIS LE FOOTBALL, C'EST TOUTE MA VIE!
JE VOUS AURAI AVERTI!
PLUS TARD...
PAF
308
PLAF

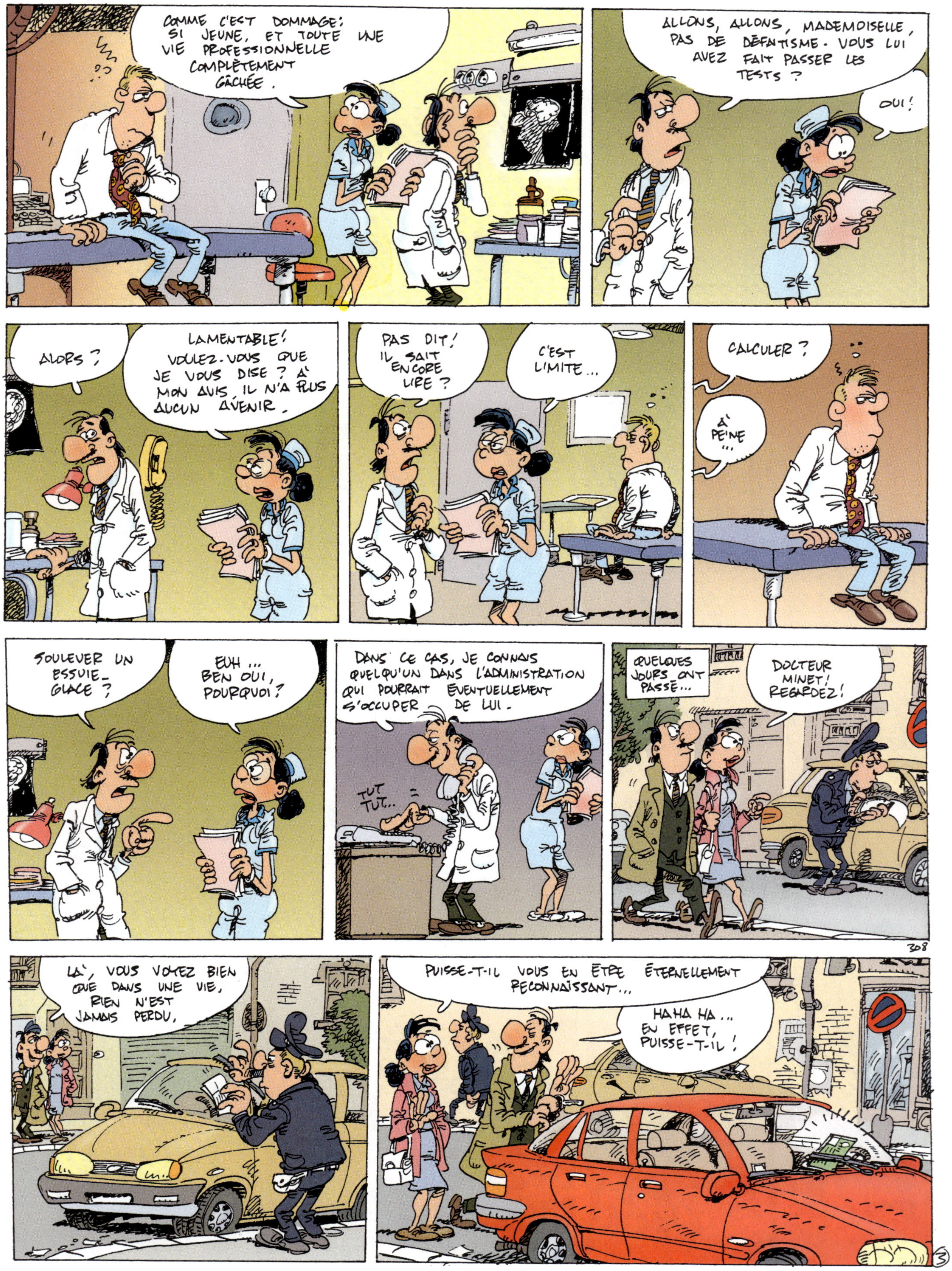

COMME C'EST DOMMAGE : SI JEUNE, ET TOUTE UNE VIE PROFESSIONNELLE COMPLÈTEMENT GÂCHÉE.
ALLONS, ALLONS, MADEMOISELLE, PAS DE DÉFAITISME. VOUS LUI AVEZ FAIT PASSER LES TESTS ?
OUI !
ALORS ?
LAMENTABLE ! VOULEZ-VOUS QUE JE VOUS DISE ? À MON AVIS, IL N'A PLUS AUCUN AVENIR.
PAS DIT ! IL SAIT ENCORE LIRE ?
C'EST LIMITE...
CALCULER ?
À PEINE...
SOULEVER UN ESSUIE-GLACE ?
EUH... BEN OUI, POURQUOI ?
DANS CE CAS, JE CONNAIS QUELQU'UN DANS L'ADMINISTRATION QUI POURRAIT ÉVENTUELLEMENT S'OCCUPER DE LUI.
TUT TUT...
QUELQUES JOURS ONT PASSÉ...
DOCTEUR MINET ! REGARDEZ !
LÀ, VOUS VOYEZ BIEN QUE DANS UNE VIE, RIEN N'EST JAMAIS PERDU.
PUISSE-T-IL VOUS EN ÊTRE ÉTERNELLEMENT RECONNAISSANT...
HAHA HA... EN EFFET, PUISSE-T-IL !

#@!§% de moniteur !

VOUS AVEZ APPELÉ, MADAME CULOT ?
LE... LE MONITEUR !
TUUUUUUUUUUUUUU
HIHIHI, NE VOUS INQUIÉTEZ PAS. JE VOUS L'AI POURTANT DÉJÀ DIT, IL TOMBE SOUVENT EN PANNE.
T...TUUT TUT...
BOM BOM BOM
LÀ, VOUS VOYEZ BIEN...
TUUUT... TUUUUT... TUUUT... TUUUT...
TUUUT... TUUUT...
OH NOOON!
TUUUUUUUUU...
MAIS ENFIN, MADAME CULOT, PUISQUE JE VOUS DIS...
TUUUUUUUUUUUUUUUUUU
...QUE CET APPAREIL TOMBE SOUVENT EN PANNE.
BOM BOM BOM
TUUUUU... TUT TUT TUT TUT
AH ? TIENS ? NON ! PAS CETTE FOIS !
TUUUUUUUUUUU
BLAF
TUUUUUUUUUUUUUU
NON MAIS TU TE RENDS COMPTE ? ...ELLE ÉTAIT MORTE, ET ELLE NE LE SAVAIT MÊME PAS...

Sous hypnose

VOUS ÊTES ÉTENDU SUR UNE PLAGE DE SABLE FIN... SOUS UN COCOTIER... IL FAIT BEAU... LA MER EST BLEUE... VOUS VOUS LAISSEZ BERCER PAR LE CLAPOTIS DES VAGUES...
VOUS POUVEZ Y ALLER...
OK... SCALPEL !
TUT... TUT...
SCRRRRRR
HOUUU !
CE N'EST RIEN, MONSIEUR DURAND, VOUS AVEZ SANS DOUTE ÉTÉ PINCÉ PAR UN PETIT CRABE DE RIEN DU TOUT...
VOUS LE VOYEZ, LE PETIT CRABE DE RIEN DU TOUT ?
TIENS ? OUI...
IL EST JOLI, LE PETIT CRABE DE RIEN DU TOUT...
AÏE ! J'AI COUPÉ DANS L'ARTÈRE FÉMORALE - IL FAUT SUTURER, VITE...
TÜT... TÜT...
C'EST DRÔLE, JE ME SENS TOUT MOUILLÉ...
DES COMPRESSES, ENCORE DES COMPRESSES ! JE N'ARRIVE PAS À ÉTANCHER LE SANG...
CE SONT LES VAGUELETTES, MONSIEUR DURAND. LEURS ROULEAUX DÉFERLENT SUR VOTRE CORPS...
AH OUI ! JE LES SENS... L'EAU EST TIÈDE... Y A BON...
G# ... JE NE PARVIENS PAS À LA LIGATURER...

AÏE ! OUILLE !
OH, DITES-LUI DE LA BOUCLER ! J'AI DÉJÀ SUFFISAMMENT D'ENNUIS COMME ÇA !
CE N'EST RIEN, MONSIEUR DURAND... UNE MÉDUSE VOUS AURA FRÔLÉ, SANS DOUTE...
UNE MÉDUSE ?
AH OUI, JE LA VOIS...
DOCTEUR !
IL Y A UN PROBLÈME...
TUT... TUT... TUT... TUT...
TENSION ?
7, ET ELLE CONTINUE À BAISSER.
POULS ?
218
QU'EST-CE QUI SE PASSE ?
RESTEZ CALME, MONSIEUR DURAND ! SURTOUT, RESTEZ CALME !
LE MASQUE À OXYGÈNE, VITE !
FAITES-LUI UNE INJECTION DE 10 MG D'ADRÉNALINE...
TUUT TUUT TUUT
AU SECOURS !
RESTEZ CALME, MONSIEUR DURAND ! RESTEZ CALME...
ET M...
TUUUUUUUUUUUU

GLOUB
BLOUB
LES DÉFIBRILLATEURS! VITE!
TUUUUUUUU
ATTENTION, PUISSANCE MAXIMUM!
UUUUUUU
TUUUUUUUUUU
WOOUUFF
RESTEZ CALME, MONSIEUR DURAND...
WOOUUFF
GLOUB
GARGLOUB
TOUT VA BIEN...
TOUT VA BIEN...
WOOUUFF
OUF! ÇA Y EST! LE COEUR EST REPARTI!
TUT...
TUT...
TUT...

TOUT VA BIEN, MONSIEUR DURAND....
TOUT VA BIEN...
Y EN A MARRE DE LA PLAGE DE SABLE FIN... Y EN A MARRE DES COCOTIERS... J'VEUX RENTRER...
CALMEZ-VOUS, DÉTENDEZ-VOUS... C'EST PRESQUE TERMINÉ...
TUT TUT
PLUS TARD..
JE VAIS COMPTER JUSQU'À CINQ. À CINQ, VOUS VOUS RÉVEILLEREZ... UN .... DEUX...
AH! QUAND MÊME!
TROIS... QUATRE...
CINQ! VOUS ÊTES RÉVEILLÉ, MONSIEUR DURAND! VOUS ÊTES RÉVEILLÉ!!!
VOUS POUVEZ L'EMMENER... QU'IL RESTE EN SOINS INTENSIFS, SOUS SURVEILLANCE, AU MOINS DEUX OU TROIS JOURS...
?
VOUS N'ALLEZ PAS ME CROIRE MAIS J'AI ÉTÉ FRÔLÉ PAR UNE MÉDUSE ROUGE À POIS VERTS...
AAAA... AAAARG...
ÇA NE VA PAS?
BON SANG, RAPPELEZ TOUT LE MONDE ET FAITES APPEL À L'ANESTHÉSISTE... DITES-LUI QU'IL Y A URGENCE!!!
BLAF
ALORS? ON AVAIT ENCORE DÉCIDÉ DE SE PASSER DE MES SERVICES?
AU FAIT, QU'EST-CE QU'ELLE A EU AU JUSTE?
ELLE N'A PAS SUPPORTÉ LE CHOC OPÉRATOIRE. ELLE A FAIT UN INFARCTUS.
316
5
ERCOLANI - CAUVIN 93.

À plat

DOCTEUR !
OUI ?
ON VIENT DE M'ANNONCER LA MORT ACCIDENTELLE DE MONSIEUR BERLURE.
OUI, ET ALORS ?
VOYONS, DOCTEUR, RAPPELEZ-VOUS, C'EST CE MONSIEUR QUI NOUS AVAIT LAISSÉ UN PAPIER SUR LEQUEL IL AVAIT INSCRIT...
...QU'EN CAS DE MORT ACCIDENTELLE, NOUS POUVIONS PRÉLEVER LA TOTALITÉ DE SES ORGANES...
BON SANG ! C'EST VRAI...
IL N'Y A PAS DE TEMPS À PERDRE...
311
Y A UN PROBLÈME ?

La traversée du désert

STOP ! DANS LE MESSAGE QU'IL DEVRA TRANSMETTRE, IL NE FAUT PAS OUBLIER DE PRÉCISER...
EUH... AH ?
LA NATURE DE L'ACCIDENT, SA LOCALISATION ET L'ÉTAT DE LA VICTIME...
ON PEUT DEMANDER UN TAS DE CHOSES À UNE CHAMELLE, MAIS ÇA, C'EST QUAND MÊME UN TANTINET EXCESSIF !
VOUS VOUS RETROUVEZ SEUL AVEC LE BLESSÉ...
AH, OUI...
* RHÂÂ
MÉGNÉMÉGNÉ... GNÉGNÉ... AH ! SAIGNE-T-IL ? SITUATION NUMÉRO UN.
GLEP
OUI ! BEAUCOUP, MÊME !
DE TOUS LES CÔTÉS !
DANS CE CAS, ALLONGER LA VICTIME...
... COMPRIMER LES PLAIES AVEC LES PAUMES DES MAINS. AVEC LES PIEDS AUSSI SI NÉCESSAIRE...
GNNN
314
...ALERTER LES SECOURS...
LOLOTTE ! DÉPÊCHE-TOI !
... PUIS COUVRIR LE BLESSÉ ET LE SURVEILLER.

SITUATION NUMÉRO DEUX : LE BLESSÉ EST-IL CONSCIENT ?
HOU HOUUUU, ÇA VA ?
* J'AI CHAUD
OUI !
DANS CE CAS, SURTOUT NE PAS LE CHANGER DE POSITION...
COMPRIS ! JE N'Y TOUCHE PAS !
...VEILLER À CE QU'IL SOIT BIEN COUVERT...
C'EST FAIT !
...ET APPELER DU SECOURS.
LOLOTTE, QU'EST-CE QUE TU FICHES, MILLE MILLIARDS DE !!!
PLUS TARD...
?
LE BLESSÉ NE RÉPOND PLUS, NE RESPIRE PLUS, MAIS LE POULS EST NORMAL...
FLAP FLAP FLAP FLAP
PAS DE PANIQUE, IL FAUT : 1) BASCULER SA TÊTE EN ARRIÈRE EN TIRANT LE MENTON VERS LE HAUT...
2) ÉCARTER SON BRAS À LA PERPENDICULAIRE ET LE TOURNER SUR LE CÔTÉ EN LE SAISISSANT PAR L'ÉPAULE ET PAR LA HANCHE. 3) FLÉCHIR LA JAMBE DU DESSUS POUR LUI ASSURER UNE BONNE STABILITÉ...
CRRR
KRRR
?
CRAC

RAPPELER LES SECOURS...
LOLOOOOOOTTE!!
ET TOUJOURS SURVEILLER LE BLESSÉ EN ATTENDANT LES SECOURS!
PFFF...
LE BLESSÉ NE RÉPOND PLUS, NE RESPIRE PLUS, N'A PLUS DE POULS...
BRAAAAAAAAA
LOLOTTE, C'EST SEULEMENT MAINTENANT QUE TU T'AMÈNES!? MAIS QU'EST-CE QUE TU AS FICHU PENDANT TOUT CE TEMPS ?!!
HEIN?
BRAAAAA...
?!
RHOÔÔÔ, LOLOTTE! NON! MAIS T'AS PAS HONTE!?
ENFIN, J'AURAI FAIT CE QUE J'AI PU!
*MERCI QUAND MÊME!

Les temps modernes

PUIS, UN JOUR, VOUS ÊTES PRIÉ DE PASSER À LA CAISSE...
VOUS PAYEZ MAINTENANT EN LIQUIDE, PAR CHÈQUE BANCAIRE OU POSTAL, CARTE DE CRÉDIT, OU VOUS PRÉFÉREZ QU'ON VOUS ENVOIE LA FACTURE ?
ET VOUS QUITTEZ L'HÔPITAL.
PITAL
DEMAIN, SI, POUR UNE INTERVENTION QUELCONQUE, VOUS DEVIEZ VOUS RENDRE À L'HÔPITAL, ÇA DONNERA CECI ....
LA CHAMBRE 218 VOUS A ÉTÉ RÉSERVÉE, MONSIEUR CHAPELLE. ON VA S'OCCUPER DE VOUS TOUT DE SUITE.
QU'Y A-T-IL DE PRÉVU POUR AUJOURD'HUI ?
UNE APPENDICITE, DOCTEUR.
BON.
VOTRE CHIRURGIEN, QUI POURRA SE TROUVER À CINQ CENTS KILOMÈTRES DE LÀ, S'INSTALLERA DANS UNE PIÈCE ET OPÉRERA VIA UNE MACHINE ...
QUI ACTIONNE UN BRAS MÉCANIQUE ROBOTISÉ. CETTE TECHNIQUE, APPELÉE LAPAROSCOPIE, EST DÉJÀ PRATIQUÉE DE NOS JOURS*. SUR PLACE, UN OU DEUX SPÉCIALISTES N'AURONT QU'À VEILLER AU BON DÉROULEMENT DES OPÉRATIONS.
BZZZ
BZZZ
FULL DES ROIS PAR LES VALETS. EH! MARCEL! TU JOUES OU PAS ?
* AUTHENTIQUE.
PLUS TARD, LES INFIRMIÈRES VOUS PRENDRONT EN CHARGE, TANT POUR SURVEILLER VOTRE TEMPÉRATURE...
QUE POUR S'OCCUPER DE VOTRE NOURRITURE...
...OU VOUS PASSER LE BASSIN EN CAS DE BESOIN.

ELLES VOUS AIDERONT AUSSI À REFAIRE VOS PREMIERS PAS.
VOUS RECEVREZ DES VISITES...
ÇA VA, MARC ?
ÇA VA !
PUIS, UN JOUR, VOUS SEREZ PRIÉ DE PASSER À LA CAISSE...
VOUS PAYEZ MAINTENANT EN LIQUIDE, PAR CHÈQUE BANCAIRE OU POSTAL, PAR CARTE DE CRÉDIT, OU VOUS PRÉFÉREZ QU'ON VOUS ENVOIE LA FACTURE ?
...ET VOUS QUITTEREZ L'HÔPITAL.
DANS UN PROCHE AVENIR, SI VOUS DEVEZ VOUS FAIRE HOSPITALISER POUR UNE INTERVENTION QUELCONQUE, VOICI CE QUI VOUS ATTENDRA...
CARTE DE CRÉDIT
CARTE DE CRÉDIT
VEUILLEZ SUIVRE SCRUPULEUSEMENT TOUTES LES INDICATIONS.
VOTRE CHIRURGIEN SE TROUVERA PEUT-ÊTRE À 1000 KILOMÈTRES DE LÀ, BIEN INSTALLÉ CHEZ LUI...
AUJOURD'HUI: APPENDICITE
IL EMPLOIERA LA MÊME MÉTHODE, LA LAPAROSCOPIE, MAIS CETTE FOIS, LE PROGRÈS AIDANT, IL NE MANIPULERA PLUS LE BRAS MÉCANIQUE ROBOTISÉ AVEC LES MAINS...
MAIS UNIQUEMENT...
GLGLGLGLGRRLL
GRLARGLGLLL
GLORG

AVEC LA VOIX !
A' GAUCHE... A' GAUCHE... STOP..., ON COUPE... ON REVIENT... A' DROITE...
VZZZZ
BZZZ BZZZ
PLUS TARD, CE SERONT DES ROBOTS QUI VOUS PRENDRONT EN CHARGE...
BZZZZZZZ
QUE CE SOIT POUR SURVEILLER VOTRE TEMPÉRATURE...
PLOP !
... S'OCCUPER DE VOTRE NOURRITURE...
...OU VOUS PASSER LE BASSIN EN CAS DE BESOIN...
ILS VOUS AIDERONT A' REFAIRE VOS PREMIERS PAS.
VOS VISITES S'EFFECTUERONT EN DUPLEX...
ÇA VA, MARC ?
ÇA VA !
PUIS, AVANT DE SORTIR, VOUS PASSEREZ A' LA CAISSE...
ET VOUS QUITTEREZ L'HÔPITAL.
DANS LE FOND, CE QUI NE CHANGERA JAMAIS, C'EST QU'AUJOURD'HUI COMME DANS VINGT ANS, ON OUBLIERA PLUS FACILEMENT LE CHOC OPÉRATOIRE QUE LE MONTANT DE LA FACTURE...
ÇA... C'EST BIEN VRAI !
4

Le bras long

VOUS RACCOURCIR LES BRAS ? VOYONS, VOUS N'Y PENSEZ PAS ?
MAIS ENFIN, DOCTEUR, REGARDEZ-MOI ! ILS SONT BEAUCOUP TROP LONGS !
MAIS NON, MAIS NON ...
C'EST VOUS QUI LE DITES. EN MARCHANT, POUR PEU QUE JE ME PENCHE, JE RISQUE DE ME MARCHER SUR LES MAINS...
C'EST BIEN SIMPLE, J'AI TOUJOURS LES ONGLES SALES...
QUE VOULEZ-VOUS QUE JE FASSE, AFFUBLÉ DE DEUX MEMBRES PAREILS ?
MMMH...
VOUS INSCRIRE À UN COURS DE SOLFÈGE !
?
LE TEMPS A PASSÉ ...
GÉNIAL, CE HARPISTE !
N'EST-CE PAS ?

Dards... dards...

IL FAUT QUE JE TE DISE, ROBERT JE NE POURRAI PAS VENIR TE RENDRE VISITE PENDANT UNE BONNE PARTIE DU MOIS PROCHAIN... JE PARS EN VACANCES ...
TU EN AS DE LA CHANCE...
TU VAS OÙ ?
JE DESCENDS DANS LE SUD. LÀ-BAS, AU MOINS, ON EST QUASIMENT CERTAIN D'AVOIR DU BEAU TEMPS !
JE SAIS, J'Y SUIS DESCENDU PLUSIEURS FOIS. IL FAUT QUAND MÊME QUE JE TE METTE EN GARDE, LOUIS...
?
DANS CES CONTRÉES, IL Y A DES GUÊPES...
BZZ ZZZZZZ
MÉFIE-TOI DES FEMELLES. ELLES SEULES PORTENT L'AIGUILLON...
LEUR PIQÛRE EST RESSENTIE COMME UNE DÉCHARGE ÉLECTRIQUE...
PIQUE !
EN PRINCIPE, LE DARD REPART SOUVENT AVEC LA PIQUEUSE...
MAIS SI TEL N'ÉTAIT PAS LE CAS, IL VAUT MIEUX L'ENLEVER.
IL Y A DES ABEILLES AUSSI...
ZZZZZZZZZZZ

NE PARLONS PAS DU MÂLE,* IL EST INOFFENSIF.
MAIS SI LA FEMELLE TE PIQUE, TU AURAS TRÈS MAL, MAIS TU N'EN MOURRAS PAS ...
PIQUE!
... ELLE, SI! SON DARD DENTELÉ RESTE DANS TA PEAU, ET, EN S'ENFUYANT, ELLE S'ARRACHE À TOUS COUPS UNE PARTIE DE L'ABDOMEN...
A... ARRR... ARGEL
CE DARD, IL FAUDRA L'ENLEVER. N'ESSAIE SURTOUT PAS AVEC LES ONGLES...
...IL VAUT MIEUX PRESSER LA PEAU SUR UNE LARGE BASE ET VERS LE HAUT...
PETS
...IL Y A LES TAONS AUSSI... LÀ ENCORE, SEULE LA FEMELLE SE NOURRIT DU SANG DES ANIMAUX ... DU NÔTRE AUSSI...
VRRRRR
SI TU VOIS UNE DE CES SALES BESTIOLES FONCER SUR TOI ...
VRRRRRR
...VA VITE TE PLACER PRÈS D'UN ANIMAL, PLUS GRAND QUE TOI DE PRÉFÉRENCE ... SI ELLE A UNE BONNE VUE, TU AS TOUTES LES CHANCES D'Y ÉCHAPPER ...
VRRRRRRR

... MAIS SI ELLE EST PRESBYTE...
VRRRRRR...
PAK
?
OUAAAAAAAH...
ENFIN, IL Y A LES MOUSTIQUES...
BZZZZZZ
?
...LÀ ENCORE, PAS DE PROBLÈME AVEC LES MÂLES. SEULES LES FEMELLES TE POMPENT LE SANG. DE PLUS, ELLES SONT TENACES ET ÉNERGIQUES COMME PAS DEUX.
BZZZZZ CLAP BZZZZZ CLAP BZZZZZ CLAP CLAP CLAP BZZZZZ CLAP CLAP
JE TE DIS PAS LES LENDEMAINS DOULOUREUX.
MA SEULE CONSOLATION EN TE VOYANT PARTIR SERA DE ME DIRE QU'ICI, AU MOINS, JE NE RISQUE PAS DE ME FAIRE PIQUER OU VAMPIRISER PAR CES SALES BESTIOLES !
MERCI POUR TES CONSEILS, ROBERT.
BONJOUR, MONSIEUR ROBERT !
?
QUOI ? MAIS QU'EST-CE QUE...?
NE ME DITES PAS QUE VOUS AVIEZ OUBLIÉ QUE VOTRE PRISE DE SANG ÉTAIT POUR AUJOURD'HUI !
ALLEZ, TENDEZ VOTRE BRAS, VOULEZ-VOUS ?!

Nouveau nez

RÉCEPTION
MADEMOISELLE !
?
HI HI HI , LE DOCTEUR MINET EST DEMANDÉ ... HIHIHI ... À LA RÉCEPTION ... HIHIHI ... LE DOCTEUR MINET ... HIHIHI ...
?
HI HI HI HI HI HI HI ...
!?
MAIS ? QU'EST-CE QUE ... ?
VOUS NE ME RECONNAISSEZ PAS ?
BEN ... COMME ÇA, VOUS AVOUEREZ QUE C'EST UN PEU DIFFICILE ...
CLAUDE, CLAUDE GENDROT ! JE SUIS VENU IL Y A DEUX SEMAINES POUR UNE GREFFE DE NEZ ...
AH OUI, JE ME SOUVIENS. ET ALORS ?
LA GREFFE N'A PAS TENU.
QU'EST-CE QUI VOUS FAIT DIRE CELA ?
IL Y A QUELQUES HEURES À PEINE, J'ÉTAIS À UNE SOIRÉE CHEZ DES AMIS ...
... QUAND SOUDAIN ...
A ... AAAA ... AAAT ... ATA AAAA ...

TCHAAA
PLOUTCH
VOUS COMPRENDREZ MON DÉSARROI...
JE SUIS AUSSITÔT RETOURNÉ CHEZ MOI...
...C'EST TOUT CE QUE J'AI TROUVÉ POUR VENIR ICI EN PASSANT PRESQUE INAPERÇU.
VOULEZ-VOUS QUE JE VOUS DISE? OU BIEN VOUS ÊTES UN PEU EN RETARD, OU BIEN VOUS ÊTES UN TANTINET EN AVANCE... UN MASQUE, 15 JOURS AVANT NOËL, ÇA FAIT DÉSORDRE, VOUS NE TROUVEZ PAS ?
TAXI
ET ÇA VOUS FAIT RIRE !?
EUH... HAHAHA ... AHEM... VENEZ, NOUS ALLONS ARRANGER CELA...
UN PEU PLUS TARD...
RÉCEP
MESDEMOISELLES!
KOFF KOFF KOFF
LE DOCTEUR MINET EST DEMANDÉ À LA RÉCEPTION... LE DOCTEUR MINET...
QUOI? ENCORE ?

QU'EST-CE QUI S'EST PASSÉ ?
KOFF KOFF
JE N'EN SAIS RIEN !
KOFF
ARHUUUU
AARRHUUU
IL Y A QUELQUES HEURES À PEINE, NOUS ÉTIONS À UNE SOIRÉE, CHEZ DES AMIS. MON MARI S'EST SERVI UN VERRE DE PUNCH...
QU'IL A BU D'UN TRAIT.
GLOUPS
ET DEPUIS, VOILÀ ! À MON AVIS, IL DOIT AVOIR AVALÉ QUELQUE CHOSE DE TRAVERS...
HGNN
KHAFF
RHHEU
KOFF
DOCTEUR, DANS QUELLE CHAMBRE DOIS-JE METTRE MONSIEUR GENDROT ?
QUOI ?! IL EST ICI AUSSI, CELUI-LÀ ?
VOUS LE CONNAISSEZ ?
KOFF KOFF KOFF
UN PEU, OUI ! MON MARI ET LUI N'ARRÊTENT PAS DE SE BOUFFER LE NEZ !
TAP TAP
PFFRT
PRRK
BRMMF
KOFF KOFF ARK
OUAF OUAF
QUOI ? QU'EST-CE QUE J'AI DIT ? QU'EST-CE QUE J'AI DIT ?
EUH... VENEZ... HAHAHA ... NOUS ALLONS ARRANGER CELA... HAHAHAHA...
KOFF KOFF AHRHUU
HIHIHIHI ! Y'A PAS À DIRE, ON N'EST PEUT-ÊTRE PAS BIEN PAYÉES, MAIS QU'EST-CE QU'ON S'AMUSE !

Bonjour, bonne nuit !

HOPITAL
SI JE COMPRENDS BIEN, VOUS VOUDRIEZ PERMUTER VOTRE SERVICE DE NUIT EN SERVICE DE JOUR ?
ESSAYEZ DE COMPRENDRE, MONSIEUR LE DIRECTEUR. VOILÀ DES ANNÉES QUE MON MARI ET MOI VIVONS COMME DES ÉTRANGERS...
EH BIEN, C'EST D'ACCORD !
ÇA Y EST, CHÉRI ! NOTRE VIE VA CHANGER ! ILS ONT ACCEPTÉ. DÈS LUNDI, JE REPRENDS UN SERVICE DE JOUR.
TU... TU EN FAIS UNE TÊTE ! TU N'ES PAS CONTENT ?
C'EST CE QUE TU VOULAIS, NON ?
JE VIENS D'APPRENDRE QUE POUR UNE PRÉTENDUE RESTRUCTURATION, LA DIRECTION A REMIS SON PRÉAVIS À PLUS D'UN TIERS DU PERSONNEL !
MON DIEU ! ILS T'ONT MIS DEHORS ?
NON, MAIS POUR CELA, J'AI DÛ ACCEPTER UN AUTRE POSTE.
LEQUEL ?
VEILLEUR DE NUIT...
ET TU COMMENCES QUAND ?
LUNDI !
LES JOURS ONT PASSÉ...
BONJOUR, CHÉRI, TU AS PASSÉ UNE BONNE NUIT ?
JE SUIS LITTÉRALEMENT CREVÉ. DÈS QUE J'AURAI MANGÉ, JE PRENDRAI UNE BONNE DOUCHE, ET J'IRAI ME COUCHER.
C'EST VRAI QUE CE N'EST PAS UNE VIE...
BERCOVICI & CAUVIN

La montre en or

PEU DE TEMPS APRÈS, LE DOCTEUR BRITTS SE RENDIT AU CHEVET DE SA PATIENTE, HISTOIRE DE SE RASSURER...
QUELQUE CHOSE QUI NE VA PAS ?
CHHHT !
TIC TAC ? TIC TAC ?
SI, SI ! TOUT VA POUR LE MIEUX ! JE REVIENDRAI D'ICI UNE PETITE HEURE...
ENTRE-TEMPS...
... BÉATRICE QUI REMETTAIT DE L'ORDRE...
!
... PARMI LES INSTRUMENTS CHIRURGICAUX...
LE DOCTEUR BRITTS EST PARTI ?
À L'INSTANT, MAIS IL A PROMIS DE REVENIR D'ICI UNE PETITE HEURE...
C'EST ENNUYEUX ! J'AI FINI MON SERVICE, JE DOIS PARTIR...
VOUDRIEZ-VOUS LUI REMETTRE CECI QUAND IL REVIENDRA ?
COMPTEZ SUR MOI...
MAIS COMME LE DOCTEUR TARDAIT, MONSIEUR GAIME, QUI EXERÇAIT LE MÉTIER DE CHAUFFEUR DE TAXI, DEVAIT LUI AUSSI REPRENDRE SON TRAVAIL, ET IL LUI FALLUT QUITTER SON ÉPOUSE QUI ÉTAIT TOUJOURS ASSOUPIE...

IL RANGEA LA MONTRE DANS SA BOÎTE À GANTS...
CLAP
TAXI
...SE PROMETTANT DE LA REMETTRE À SON PROPRIÉTAIRE UN PEU PLUS TARD...
MAIS LE TEMPS PASSANT, IL OUBLIA.
L'OPÉRATION FUT UNE RÉUSSITE COMPLÈTE. ET CE MATIN, MADAME GAIME A DONNÉ NAISSANCE À UN MAGNIFIQUE GARÇON DE QUATRE KILOS DEUX CENTS.
LE DOCTEUR BRITTS ÉTANT ABSENT À CE MOMENT-LÀ, C'EST LE DOCTEUR JOUMONT QUI S'EST CHARGÉ DE L'ACCOUCHEMENT.
SON MARI FUT AUSSITÔT AVERTI PAR RADIO...
TAXI
YAHOOOU!
C'EST ALORS QUE, MIRACULEUSEMENT, IL SE SOUVINT DE LA MONTRE...
TAXI
CLOMP
ET BIEN QU'IL FÛT EN CHARGE D'UN CLIENT...
MAIS... CE N'EST PAS LA DIRECTION DE LA GARE...
NE VOUS INQUIÉTEZ PAS... JE N'EN AI QUE POUR UN INSTANT...
IL FONÇA VERS L'HÔPITAL...
DANS LA CHAMBRE, SON ÉPOUSE DORMAIT ENCORE... RAVI, IL ADMIRA SON HÉRITIER...
GOULIGOULIGOULI

RESTAIT LA MONTRE... COMME IL NE POUVAIT S'ATTARDER PLUS LONGTEMPS...
...ET QU'IL SAVAIT QUE TÔT OU TARD, ON APPORTERAIT DES SOINS AU BÉBÉ...
IL GLISSA BIEN EN ÉVIDENCE LA MONTRE-BRACELET AU POIGNET DU NOURRISSON ET S'EN ALLA...
GOUH
AVERTI LUI AUSSI, LE DOCTEUR BRITTS ARRIVA PEU APRÈS... IL N'ÉTAIT PAS PEU FIER DES RÉSULTATS DE SON OPÉRATION...
...ET VENAIT S'ENQUÉRIR DES NOUVELLES DE SA PATIENTE ET DU NOUVEAU-NÉ...
VOUS VOYEZ D'ICI SA TÊTE EN RETROUVANT SA MONTRE !...
IL A FAILLI EN TOMBER RAIDE MORT...
C'ÉTAIT DONC ÇA !
MAIS COMMENT ES-TU AU COURANT, POUR CETTE MONTRE? ...
J'AI RENCONTRÉ MONSIEUR GAIME DANS LES COULOIRS EN ARRIVANT CE MATIN...
VOYONS, MON CHER CONFRÈRE, RÉFLÉCHISSEZ BIEN. AVAIT-IL OUI OU NON CETTE MONTRE AU POIGNET EN NAISSANT ?!...
EUH... NON !
EN ÊTES-VOUS CERTAIN ? SÛR ET CERTAIN ?
EUH... BEN... MAINTENANT QUE VOUS LE DITES... ...JE... J'HÉSITE...